LE DÉMON DU MARDI

MA PETITE VACHE A MAL AUX PATTES

LE DÉMON DU MARDI

un roman écrit et illustré

par Danielle Simard

SOULIÈRES | ÉDITEUR

case postale 36563 — 598, rue Victoria,
Saint-Lambert, Québec J4P 3S8

Soulières éditeur remercie le Conseil des Arts du Canada et la
SODEC de l'aide accordée à son programme de publication et
reconnaît l'aide financière du gouvernement du Canada par
l'entremise du Programme d'Aide au Développement de l'Industrie
de l'Édition (PADIÉ) pour ses activités d'édition.

Dépôt légal: 2000
Bibliothèque nationale du Canada
Bibliothèque nationale du Québec

Données de catalogage avant publication (Canada)

Simard, Danielle

Le démon du mardi
(Collection Ma petite vache a mal aux pattes; 16)
Pour les jeunes de 6 à 9 ans.

ISBN 2-922225-37-2

I. Titre. II. Collection.

PS8587.I287D45 2000   jC843'.54   C99-941895-5
PS9587.I287D45 2000
PZ23.S55De 2000

Conception graphique de la couverture:
Andréa Joseph
Annie Pencrec'h

Logo de la collection:
Caroline Merola

À ma nièce Solange
qui, comme son nom l'indique,
n'a rien à voir avec Lucifer.

De la même auteure

Chez Soulières éditeur :
Le champion du lundi, 1998

Chez d'autres éditeurs :
La revanche du dragon, éd. Héritage, 1992
Un voyage de rêve, éd. Héritage, 1993
Les cartes ensorcelées, éd. Héritage, 1993
C'est pas tous les jours Noël, éd. Héritage, 1994
Mozarella, éd. Pierre Tisseyre, 1994
Lia et le nu-mains, éd. Héritage, 1994
Lia et les sorcières, éd. Héritage, 1995
Mes parents sont fous, éd. Héritage, 1996
Lia dans l'autre monde, éd. Héritage, 1996
Fous d'amour, éd. Héritage, 1997
Le cadeau ensorcelé, éd. Héritage, 1997
La tête dans les nuages, éd. Héritage, 1997
La queue de l'espionne, éd. Héritage, 1999
L'école de fous, éd. Héritage, 1999
Le cercle maléfique, éd. Héritage, 1999

Chapitre 1

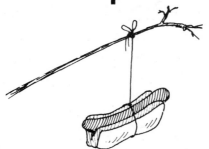

LES IDÉES
DE MA MÈRE

— **C**hoses promises, choses dues ! répète maman.

Dommage ! Elle m'a promis de faire des hot dogs deux fois par semaine. En échange, je lui ai promis de m'inscrire à un cours de natation. C'était le mois dernier et c'était idiot. Je suis déjà fatigué de manger des hot dogs, mais maman s'en fout. Aujourd'hui, elle me traîne à la piscine pour l'inscription.

Le vent nous glace les yeux jusqu'au fond des orbites. Il nous gèle les muscles jusqu'aux os. Nous marchons plus raides que des robots. Ce qui n'empêche pas ma mère de s'énerver :

— Avance plus vite, Julien, il ne restera plus de place !

Elle dit juste ce qu'il faut pour me faire ralentir davantage. Je marmonne:

— Se baigner en janvier, je trouve ça débile.

— «Se baigner» et apprendre à nager, ce n'est pas pareil, me reprend-elle aussitôt.

— Je sais nager. J'ai nagé, cet été, au lac.

— Voilà pourquoi je t'inscris au niveau 3.

Elle n'a pas compri...
quoi ? Je m'arrête et je lui r...
les points sur les «i» :

— Quand on sait nager, on n'a
pas besoin d'apprendre à nager.

Maman s'empare de ma main
et m'oblige à marcher d'un bon
pas.

— Nages-tu comme un
champion ? demande-t-elle.

Et elle répond aussitôt à ma
place :

— Non, mais on va y arriver.
Tu vas suivre des cours pendant quelques années. Après
quoi, tu deviendras sauveteur.
Comme Émilie !

Cette fois, je m'arrête net, les pieds calés dans la neige. Tant pis si elle m'arrache le bras. Je m'écrie :

— Suivre des cours pendant des années, jamais ! Je n'ai pas promis ça. Je ne veux pas devenir sauveteur.

Ma mère a beau me tirer, je ne bouge plus. Elle passe donc aux menaces. Ou j'avance tout de suite, ou elle remplace les hot dogs par du navet et des épinards.

Je redémarre pendant qu'elle s'écoute parler. C'est fou les bêtises qu'elle raconte. À l'entendre, je la remercierai quand je serai un adolescent. Je serai bien content d'avoir un bel emploi d'été, comme celui de ma cousine Émilie. Pas fatigant du tout. Je serai confortablement installé sur une chaise haute. Je n'aurai qu'à veiller sur les pauvres gens qui ne nagent pas aussi bien que moi. Au pied de mon trône, plein de filles me dévoreront des yeux. Elles se battront pour être ma blonde !

Ma mère pense-t-elle me convaincre avec ça ? Des filles, à l'école, il y en a déjà trop. Imaginer qu'elles voudraient toutes être mes blondes me donne des frissons d'horreur ! Les filles me tapent sur les

nerfs. Elles passent leur temps à rire par en dessous, en regardant les autres avec des petits yeux. Si je le pouvais, je les changerais en gars... En gars comme je les aime... Comme moi, disons...

Puis zut ! Il y aurait trop de garçons pour la seule fille qui resterait. Bien oui. Je ne serais pas assez fou pour transformer Gabrielle Labrie. Elle est parfaite ! La plus belle. La plus gentille, aussi; ça, j'en suis sûr. Presque sûr. Je ne lui ai jamais parlé. Elle n'est pas dans ma classe.

Ma mère ouvre la porte du centre sportif. Elle la tient pour moi. Mais comme je n'ai pas oublié ses cours de politesse, je laisse d'abord passer une autre mère et son enfant. Maman est furieuse quand elle les voit s'ajouter à la file des canditats.

Il y a quatre enfants devant moi pour le «niveau 3, 8 à 10 ans». Maman piétine. Ça lui donne sans doute l'illusion d'avancer. Elle murmure dans son écharpe :

— Pourvu qu'il reste de la place !

Soudain, la première fille qui est en file se retourne et mon

cœur bondit. Bang ! dans les côtes ! C'est Gabrielle ! Tout se bouscule dans ma cervelle. Avec ma belle, je me baignerais au pôle nord. Et voilà qu'on m'offre cette chance à la piscine municipale. J'ai le goût de mordre l'enfant que j'ai laissé passer. Je me mets à piétiner plus nerveusement que maman.

— Pourvu qu'il reste de la place ! murmurons-nous à l'unisson.

Chapitre 2

JE RÊVE !

J'ai eu la dernière place. De justesse. Le zoinzoin, derrière la table, ne voulait pas m'inscrire. «Parce que je n'avais pas suivi les cours pour débutants», disait-il.

Ma mère a protesté : «Mon fils nage comme un poisson, je vous le certifie», et patati et patata... On ne se débarrasse pas de ma mère comme ça ! Je commence mardi prochain, après la classe, et je flotte déjà. Je vais me retrouver avec Gabrielle !

J'ai beau la voir tous les jours à l'école, ça ne compte pas. Je suis un parmi six cents. Et puis, à l'école, il y a surtout Lucie Ferland. Pas à la piscine. J'ai bien regardé à l'inscription : On sera huit. Pas de Lucifer. Youpi !

À quoi ont-ils pensé ? Ou à quoi n'ont-ils pas pensé, les parents de LUCIE FERland ? En moins de deux jours, toute l'école appelait leur fille Lucifer. Le nom du diable ! En plus, elle porte deux petites couettes sur la tête, pareilles à des cornes. Lucie doit être diabolique pour vrai, ça la fait rire ! Il faut dire qu'elle rit tout le temps de tout le monde. Alors, pourquoi pas d'elle-même ?

Je n'ai jamais approché Gabrielle pour une très très bonne raison : Lucifer n'est jamais loin derrière. Si ce démon me voit tourner autour d'une fille, elle ne me manquera pas. Je le sais, car j'ai dû l'endurer dans ma classe, l'année dernière.

Pendant dix mois, elle a gardé l'œil braqué sur moi, comme une caméra. On aurait juré qu'elle réalisait un reportage. En plus, elle faisait des commentaires à voix haute. Grâce à elle, personne n'a manqué le merveilleux spectacle que je donnais.

«Avez-vous vu ? Julien a mis son chandail à l'envers ! ... Ah, non ? On dirait, pourtant.»

«Regardez Julien ! Il mange sa crotte de nez !»

«Pouach ! brosse-toi les dents, Julien ! On sent ton déjeuner jusqu'au fond du gymnase !»

— D'après moi, cette petite fille-là te trouve à son goût, a dit maman quand je lui ai raconté ça.

Sans blague ! Je lui ai répondu :

— M'écoutes-tu quand je te parle ? Lucifer rit TOUT LE TEMPS de moi !

— Tout le temps, voilà bien ce que je dis : tu ne la laisses pas indifférente.

— Elle n'est pas indifférente, elle me déteste. Sinon, pourquoi se moquerait-elle au lieu d'être gentille ?

— Parce qu'elle ne sait pas comment faire... ou elle a peur que ça paraisse et que toi, tu te moques d'elle. Je ne sais pas... ce doit être une manière de se défendre.

Bien sûr qu'elle ne sait pas ! Ma mère s'imagine qu'elle voit dans les têtes de tout le monde comme dans des boules de cristal. Des fois, on dirait qu'elle a raison. D'autres fois, non.

Cette fois-là, elle m'a énervé ! Si elle avait été à ma place, elle n'aurait jamais dit une bêtise pareille. Je voulais que mes parents viennent me défendre contre le diable. Ils m'ont fièrement annoncé que j'en étais capable tout seul.

— Ne t'occupe pas d'elle, c'est la meilleure façon d'insulter une personne, m'a tout de même conseillé mon père.

J'ai aussitôt adopté cette méthode. Mais je ne la trouve pas toujours facile. L'autre jour, par exemple, j'ai osé me tourner vers Gabrielle dans les rangs. Je n'aurais pas dû: Lucifer était collée sur elle! Cette idiote s'est sentie visée et m'a aussitôt lâché :

— Qu'est-ce que tu veux avec tes gros yeux de grenouille ? Si tu essaies de m'hypnotiser, ça ne marche pas !

Gabrielle a ri. Mais je suis certain qu'elle était mal à l'aise. À la piscine, tout va changer. Sans Lucie la chipie, nous deviendrons amis !

Plus qu'un jour ! C'est fou mais, depuis mon inscription, je vais au lit sans rouspéter. Parce que j'y rêve à tous les beaux mardis qui s'en viennent. Je me vois déjà nageant vers ma belle Gaby. Elle me tend les bras en souriant. Je bondis comme un dauphin. Elle rit comme une otarie, en battant des mains.

La tête sur l'oreiller, j'exécute des plongeons prodigieux. Dès que j'émerge de l'eau, Gabrielle applaudit encore et encore. J'ai rêvé hier que je la sauvais de la noyade. Je suis descendu jusqu'au fond de la piscine pour la secourir. Je vais rêver ça ce soir aussi. Peut-être même que je lui ferai le bouche à bouche.

N'empêche, j'ai hâte que ça commence pour de vrai.

J'ai hâte à demain !

Chapitre 3

CAUCHEMAR !

Odile, mon enseignante, m'a retenu à la fin de la classe. Le cours de natation va bientôt commencer. Je sors de l'école en attachant mon manteau. Les jambes à mon cou, je traverse le parc vers le centre sportif. Une gazelle supersonique! Dommage qu'il n'y ait personne du livre des records Guinness. On arrêterait de rire de moi au cours d'éduc.

— Qu'est-ce qui t'arrive, Julien ? m'a demandé Odile. Tu es dans la lune depuis au moins une semaine. Regarde ton examen de lecture : 2 sur 10. Quel texte as-tu lu pour avoir ces réponses-là ? On demande où est le cœur de Pierrot et tu écris : «Dans la piscine.» Quelle piscine ? Il n'y a même pas une goutte d'eau, dans cette histoire !

Elle ne me lâchait plus ! Je suis tellement en retard que je trouve le vestiaire vide. Tout le monde s'est déjà changé. Pas de temps à perdre ! J'arrache mes vêtements, je saute dans mon maillot et je galope vers la piscine. Hein ? Je n'ai pas encore atterri sur le carrelage qu'une horrible voix me déchire les tympans :

— Julien Potvin ! Qu'est-ce que tu fais ici ? Ha ! ha ! ha ! Regardez ça ! Avec ses côtes toutes sorties, il a l'air d'un xylophone à deux pattes.

Le groupe au grand complet croule de rire. L'univers s'écroule sous mes pieds. Je parviens à peine à bredouiller :

— Que... Qu'est-ce que tu fais là, toi-même, Lucie... fer ? Je... je ne t'ai pas vue à l'inscription !

— Elle est bonne, celle-là ! Tu sauras que j'ai été la première à m'inscrire. Je me suis présentée avec une demi-heure d'avance.

Le moniteur me tend la main et se présente: «Tu peux m'appeler François.» Vu mon état de choc, ma main s'étale dans la sienne, molle comme du beurre. Je cherche même mon nom. C'est lui qui dit: «Julien, je suppose.»

— Bon ! à l'eau ! lance-t-il aussitôt après.

Plouf ! Plouf! Plouf! Il n'y a plus que moi sur le bord. Immergés jusqu'aux épaules, les autres me regardent. Qu'ils m'attendent, ces espèces de pingouins ! Julien Potvin ne pénètre dans le monde marin qu'avec le plus grand soin.

— D'après moi tu n'es pas à l'épreuve de l'eau, Julien. Tu fais bien de te méfier, m'encourage Lucifer.

Quand le bout de mes gros orteils atteint enfin le fond, le moniteur annonce :

— Nous allons commencer pas deux largeurs au crawl !

Au «crâle» ?

Les autres se mettent à nager
à tours de bras. «Crâle» doit être
le mot anglais pour nage. Je
commence donc à nager, es-
sayant tant bien que mal de suivre mes compagnons. Pas

facile quand on garde les yeux
fermés pour éviter le chlore !

Et puis ils vont drôlement
vite. J'ouvre un œil. Juste à

temps : j'allais buter contre le moniteur !

— Tu ne nages qu'en petit chien ? me demande François.

En «petit chien» ? Qu'est-ce qu'il raconte ? Le moniteur soupire assez fort pour dégonfler ses gros muscles et dit :

— Baisse les épaules et le menton. Ils ne vont pas se dissoudre dans l'eau. Pas besoin de serrer les lèvres comme ça, non plus. Détends-toi.

Les autres reviennent déjà en sens inverse. Lucifer crie :

— Regardez Julien ! On dirait une girafe qui va couler !

Le moniteur pose une main sous mon ventre et appuie l'autre sur ma tête. Mes fesses remontent à la surface et mon menton descend vers l'eau. J'étends les bras comme il le demande. Mais dès qu'il me lâche, pouf ! Mon cou s'étire de nouveau vers le plafond. Mes fesses calent. Mes mains et mes pieds battent frénétiquement l'eau. Je ferme les yeux et je serre les dents. Je suis affolé à l'idée d'avaler une seule goutte de cette eau puante qui revole autour de moi. Je déteste le chlore. Et puis, je ne suis pas un poisson !

Assis au bord de la piscine, les élèves apprécient le spectacle. Et comme Lucifer ne peut rien apprécier en silence, la voilà qui s'écrie:

— Vas-y, vilain canard! T'es capable!

Je commence à détester les mardis.

Chapitre 4

MAUDITS MARDIS !

J'ai passé le reste du cours accroché par les mains à un flotteur. Je devais essayer de battre des pieds sans créer de raz-de-marée. François, lui, s'occupait des bons élèves. Il avait décidé de me muter au niveau 2. Je n'ai pas protesté. N'importe quoi pour fuir Lucifer !

Ma mère, bien sûr, a protesté. Je l'ai déjà dit : on ne se

débarrasse pas d'elle aussi facilement !

— Quelques petits cours privés et tu rattraperas les autres ! s'est-elle exclamée. Je vais tout arranger, fais-moi confiance.

Ma cousine Émilie, la fameuse sauveteuse, a été appelée à l'aide. Tous les soirs de la semaine, elle et maman m'ont traîné à la piscine. Je les paye cher, mes hot dogs !

J'ai d'abord réussi à mettre la tête sous l'eau sans me pincer le nez. Il faut dire que maman m'avait promis une sortie au cinéma si rien ne m'entrait par les narines. Elle paye

cher, elle aussi ! En plus du salaire d'Émilie, elle y est allée d'une promesse pour chaque truc que je devais apprendre.

Si j'acceptais de faire des bulles dans l'eau, je mangerais des frites cinq jours de suite. Si je nageais le crawl, j'irais au lit plus tard samedi. Si je faisais la planche, je recevrais tous mes amis dimanche. Si je nageais sur le dos, j'aurais droit à un jour de repos.

Ma mère est une vraie dompteuse. Dommage qu'elle ne soit pas née dans un cirque. Elle aurait fait marcher les ours sur les oreilles.

Finalement, j'étais content de mon coup. Quand j'ai compris qu'une tête, sous l'eau, ne s'emplit pas comme un bocal, je me suis beaucoup mieux entendu avec la piscine.

Dès le mardi suivant, j'avais presque rejoint les autres. François a accepté de me garder au niveau 3. Tant pis pour Lucifer, je reste dans un groupe de huit, avec Gabrielle. Il y a donc de l'espoir !

Un petit espoir...

Nous en sommes au troisième cours et ma future amie ne s'intéresse pas encore à moi. Lucifer, par contre, ne me lâche pas des yeux. En plus, elle commente presque tout ce que je fais. Une vraie journaliste sportive:

«Le vilain petit canard tire de la patte. Il a beau faire aller ses ailes comme un moulin, il avance aussi vite qu'un quai de béton !»

«C'est un record ! Le vilain petit canard n'a mis que le double du temps pour parcourir la même distance que nous !»

Oui, elle m'appelle maintenant le vilain petit canard. Moi,

je l'appelle le Démon du mardi.
Dans ma tête. À quoi bon lui
donner des surnoms à voix
haute ? Ça lui ferait tellement
plaisir !

En parlant de «faire plaisir», François nous donne la permission de sauter du tremplin. «Nous l'avons bien mérité», dit-il. Tout le monde se met en rang en souriant. Moi, je ne me presse pas. Je n'ai jamais sauté dans l'eau pour la bonne raison que je n'en ai pas envie.

Naturellement, le démon du mardi se lance en premier. Elle bondit sur le plongeoir de toutes ses forces. On dirait un diable qui sort d'une boîte à surprise. Gabrielle la suit, si légère qu'elle semble à peine toucher le tremplin.

Une petite poussée suffit à la faire lever comme un ange. Elle enserre une jambe repliée contre sa poitrine et fend l'eau de ses orteils tendus. Aucune éclaboussure. Je la regarde descendre vers le fond. Ses cheveux ont l'air de danser.

— Avance donc, au lieu de rester planté ! jappe le démon qui revient se mettre en ligne derrière moi.

Avancer pour aller m'engloutir ? Je lui fais signe que je lui cède plutôt ma place.

— Tu n'es pas pressé ! s'étonne-t-elle. As-tu peur, vilain canard ?

— As-tu déjà entendu parler de la galanterie, Lucie Ferland ?

Elle rougit et passe sans dire un mot. Gabrielle arrive à son tour et je lui fais le même signe poli. Elle doit être drôlement habituée à la galanterie. Elle se plante à ma droite comme si de rien n'était.

Le plongeon d'Antoine attire toute son attention. À lui, je ne pourrai pas céder ma place par galanterie. Bah ! je resterai à côté de ma sirène. Le bonheur... sauf que ma poitrine se serre davantage à mesure que j'avance. Je me sens comme le condamné des pirates. Le tremplin est une planche tendue hors du navire. Vers la mort. Comment m'échapper ? Le gros Joël se lance maintenant à l'eau.

— Un hippopotame à la mer ! s'écrie le Démon du mardi.

Sur le plongeoir, Camille rit tellement qu'elle n'arrive plus à sauter. Elle se laisse tomber à l'eau, pliée en deux. Samir vient la remplacer, si droit qu'il penche par derrière. Il garde les yeux rivés sur Gabrielle. Qu'est-ce qu'il lui veut ? L'hypnotiser, peut-être ? Pourquoi Lucifer ne se moque-t-elle pas de lui ?

Le voilà qui met les bras en croix. Il bondit bien haut en pointant ses mains vers le plafond et... et... Il plonge tête première ! Gabrielle applaudit à tout rompre, suivie par les autres. J'ai presque le goût de pleurer. Mais je me retiens. Comme toujours, le démon m'observe. Je lui lance :

— Qu'est-ce que tu veux, avec tes gros yeux de grenouille ? Si c'est m'hypnotiser, ça ne marche pas !

La peste n'a pas le temps de me répondre. C'est à elle de sauter. Puis à Gabrielle. Puis à MOI !

La tête vide, je grimpe sur le tremplin. Les genoux mous, je me rends jusqu'au bout. Gabrielle sort de l'eau en dévisageant le froussard qui tarde à plonger. Tout le monde me dévisage, en fait. Impossible de reculer. J'avance un pied. Je me bouche le nez. Je tombe !

Il me semble que mon cœur reste accroché en l'air, tandis que je coule et coule encore. Comment remonter ? Affolé, je me mets à gravir une échelle invisible. Ça marche !

Ouf, je ne suis pas mort ! Je nage à l'aveuglette vers le bord. Je me hisse hors de l'eau, avec l'impression de peser mille kilos. Ce n'est toujours pas le moment de faiblir. Lucifer m'observe sûrement. Je regagne le rang en m'essuyant les yeux. Non, le démon ne me regarde pas, mais juste à côté... Gabrielle me sourit !

Il faut que je trouve quelque chose à lui dire. Il n'y aura pas de meilleure occasion.

Zut ! la cloche de la fin du cours ! Gabrielle tourne les talons. Elle s'en va vers le vestiaire des filles. Je m'écrie :

— À mardi prochain !

C'est Lucifer qui répond :

— Y a de l'école, demain, vilain canard. À demain, tu veux dire !

Chapitre 5

MON EXPLOIT AMOUREUX

Gabrielle m'a souri ! Elle a bien vu que j'avais la trouille. Elle a bien vu que j'ai sauté quand même. Et, pour la première fois, elle m'a souri. Parce que j'ai accompli un acte de bravoure. Gabrielle agit en vraie princesse. À moi d'agir en chevalier sans peur !

Maman le dit souvent : la peur, c'est comme un mur. Pour la vaincre, il faut grimper le mur et voir ce qui se cache derrière.

Elle a raison. Depuis que j'ai sauté à l'eau, ça ne me fait plus peur. Je suis prêt à recommencer, surtout si c'est pour épater Gabrielle. Elle en veut, des plongeons ? Je vais lui en offrir un fabuleux ! Celui de Samir ressemblera à un saut de puce, comparé au mien.

Fini les rêveries inutiles, Sir Julien Potvin passe aux actes ! Dans deux mardis, ce sera justement la Saint-Valentin. Pour cette grande occasion, je vais grimper le plus haut mur de ma vie. Je suis capable !

Le grand jour est arrivé et je suis prêt ! J'ai convaincu maman sans difficulté. Elle aime tant que je me surpasse qu'elle a de nouveau engagé Émilie.

En deux semaines, j'ai appris à plonger pour de vrai. Il a fallu travailler fort. Au début, je ne fendais pas l'eau, je m'y frappais. Vingt fois en plein ventre. Dix fois en pleine figure. J'ai quand même persévéré.

Un mot que ma mère adore. Elle n'arrête pas de répéter : «Persévère !» Moi, je n'aime pas ce mot-là. Dès que je l'entends, j'imagine un père sévère. Un bonhomme minuscule, qui se plante dans ma tête. Et qui m'ordonne de continuer encore et encore.

Sauf que ça marche. Je sais maintenant plonger. Il y a un

seul truc qui cloche : je n'ai pas réussi à le faire du plus haut tremplin. Ma mère n'a pas voulu. Elle ne doit pas tenir tant que ça à ce que je me dépasse...

Pas grave. Un plongeur peut plonger de n'importe quel plongeoir. Plus c'est haut, plus il se laisse tomber longtemps. Voilà tout. Il suffit de garder la pose.

J'ai quand même peur. Normal. Sans peur, il n'y aurait pas d'exploit. Dans le vestiaire des garçons, je me tiens aux aguets. Personne ne me regarde. Bon moment pour glisser mon petit cœur plié dans la poche intérieure de mon maillot. Je m'organiserai pour le donner à Gabrielle en secret. Il est à l'épreuve de l'eau. Je l'ai découpé dans du papier glacé. Et j'ai écrit dessus, à l'encre indélébile : «De la part du vilain petit canard».

Après mon exploit, elle va trouver ça drôle. Effet garanti ! J'ai pensé à tout.

Ça y est ! Le groupe entoure François qui parle de la brasse. Sur la pointe des pieds, je gagne les plongeoirs.

J'ai déjà répété dans ma tête. Aussi vif qu'un singe, je grimpe la plus haute échelle. Aïe, la tête me tourne ! Je n'avais pas imaginé comment je me sentirais là-haut. J'appelle mon petit père sévère à la rescousse. Il m'ordonne d'avancer lentement sur le tremplin. Mon cœur va exploser. Je me force à respirer, et ça fait mal ! Ça non plus, je ne l'avais pas prévu.

Qu'importe ! Il faut que j'agisse selon mon plan. Allez, vilain petit canard, tu es presque parvenu au sommet de ta peur !

Les orteils recroquevillés au-dessus du vide, je ferme les yeux. Avant de sauter, je dois

visualiser mon plongeon. J'es-
saie. Seulement, mes pensées
s'affolent. On dirait qu'elles filent
dans les montagnes russes.
J'ouvre les yeux. Personne ne
m'a encore aperçu, en bas.

Non, je ne vais pas redescen-
dre, même si j'en ai très très
envie. Pour me donner du cou-
rage, je cherche ma belle Gabrielle... et deux petites couettes
me sautent aux yeux. Celles du
démon du mardi. Pas besoin de
chercher plus loin. Je perds aussitôt l'envie de reculer. Mes
poings se serrent. Ma poitrine se
gonfle. J'ai hâte qu'elle me voie
plonger, celle-là. Je vais lui montrer ce dont je suis capable et elle
va s'étouffer avec son rire débile.

Tiens-toi bien après tes cornes, Lucifer ! Un, deux, trois...
Je m'exclame de ma plus
grosse voix :

— Bonne Saint-Valentin !

D'un coup, tous les regards
montent vers moi. François crie
mon nom. Trop tard. Je me
lance en l'air.

Est-ce l'énervement ? Je me suis donné plus d'élan que d'habitude. Je culbute sens dessus dessous. Tout déboule à une allure folle. Impossible de ramener ma tête en bas. Me voilà plié en deux. Je bats des bras. Ça va vite ! Je... Je... Aaaaaaaah ! Je tombe, je n'arrête pas de tomber, fesses premières, la bouche grande ouverte par mes hurlements !

Chapitre 6

LE PETIT CŒUR
À L'EAU

Le visage de François est à cinq centimètres du mien. D'autres têtes apparaissent derrière. Celles d'Antoine, de Samir, de Gabrielle... des têtes d'enterrement. Personne ne rit. Même pas Lucifer. Est-ce que je suis mort ?

— Tu nous as fait une de ces frousses ! dit François. J'ai dû aller te chercher au fond. Tu parles d'une folie !

Peu à peu, je reprends mes esprits. On m'a étendu sur le bord de la piscine, sous une grande serviette. Tout autour, il y a des jambes mouillées et... à ma droite, sur le carrelage, je reconnais mon maillot !

— Tu l'as perdu dans l'eau, explique François qui suit mon regard.

Je voudrais que la serviette me monte par-dessus la tête.

— On va aller faire un tour à l'infirmerie, ajoute-t-il en me soulevant dans ses bras.

Heureusement, la serviette reste en place. Camille ramasse mon maillot et le dépose sur mon ventre. Je me laisse emporter, aussi mou qu'un filet de morue.

Plus de peur que de mal. J'ai réussi à convaincre François qu'il n'était pas nécessaire d'appeler ma mère à son travail. C'est ma grande sœur qui me garde après l'école. Avec un peu de chance, maman ne saura rien.

Le cours est déjà terminé quand on me donne la permission de quitter l'infirmerie.

Il ne reste personne au vestiaire. Ouf ! Après un tel échec, j'aimerais presque m'être liquéfié dans l'eau de la piscine.

J'ai passé pour un fou. Malgré tout, on dirait ce n'est pas assez de malheur pour une seule journée. En sortant du Centre sportif, je vois Gabrielle monter dans l'auto de son père. Avec Samir ! De là à penser qu'elle l'a invité pour la Saint-

Valentin... Je traverse le parc d'un pas lourd. J'ai la gorge en feu après avoir crié si fort. Le ventre vide après avoir avalé et recraché tant de chlore. Les fesses en compote. Mais surtout, j'ai le cœur brisé.

Ah non ! m'a-t-elle attendu pour se moquer de moi ? Le démon du mardi sort de derrière un sapin, quelques mètres en avant.

Plus elle s'approche, plus je ralentis le pas. Si je m'écoutais, je rebrousserais chemin. Qu'est-ce qui lui prend ? Elle fixe le sol. Juste comme je vais la dépasser, la voilà qui dit :

— C'est moi qui ai repêché ton maillot dans la piscine. Ce message flottait à côté.

Mon petit cœur plié ! Je dois être plus rouge que ce dernier. Pourvu qu'elle ne me demande pas à qui il était destiné ! Lucifer a un drôle d'air que je ne lui ai jamais vu. Au lieu de me tendre le cœur, elle le garde contre sa poitrine, au creux de ses mitaines.

Les mots me montent tout seuls aux lèvres. Est-ce parce que je n'ai plus besoin de ce bout de papier ? Ou parce que je veux clouer le bec de Lucie ?

Je ne sais trop, mais je laisse tomber sur un ton blasé :

— Bof... tu peux le garder, si tu veux.

— VRAI ? C'était pour moi ?

Je reste sans voix. Comment peut-elle croire une chose pareille? En plus, ça lui fait plaisir! Mon démon a un sourire grand comme le monde. Ses yeux brillent autant que des lumières de Noël.

Je n'en reviens pas! Ma mère avait deviné un truc incroyable. Sans blague, elle avait raison: Lucifer me trouve à son goût. Sinon elle rirait de moi, maintenant, au lieu de se montrer si contente. Comme je ne sais trop quoi faire, je me remets à marcher. Le démon me suit, les yeux baissés.

— Je... j'ai pensé que c'était pour moi, bredouille-t-elle en glissant sa mitaine sur l'encre indélébile. Surtout quand j'ai lu : «De la part du vilain petit canard». En plus... juste avant de plonger, je... tu me regardais... C'est vrai, hein ?

Je me revois sur le plongeoir, criant : «Bonne Saint-Valentin !». Oui, je me rappelle. À la toute dernière seconde, c'est elle que j'ai finalement voulu épater. Mais pas pour les raisons qu'elle croit !

Elle se mordille les lèvres en levant les yeux. Tout à coup, je reconnais ce drôle d'air. Lucifer a l'air timide. Non, je ne l'avais jamais vue comme ça avant. Le démon du mardi est sans défense, il a perdu ses cornes.

Je pourrais enfin donner une bonne leçon à Lucie, sauf que ce serait trop facile... Au lieu de me moquer, je lui souris.

Elle glisse mon petit cœur dans sa poche et continue à me suivre.

— Si j'avais su plus tôt... murmure-t-elle.

Moi, je rigole en pensant:

«Si tu savais, plutôt. Si tu savais, chère Lucifer!»

Danielle Simard

 On retrouve dans cette histoire un peu de Danielle Simard, lorsqu'elle était petite. Elle se croyait très bonne nageuse comme Julien... jusqu'à ce que son père la prenne en photo. C'est tout à fait elle aux pages 32 et 33 !

Comme Lucie Ferland, Danielle était toujours prête à mordre en premier. Toujours prête à rire d'elle-même avant que les autres le fassent. Lucifer ne doit pas être si méchante que ça, puisque Danielle Simard est devenue un ange.

Sans blague !

Achevé d'imprimer à Longueuil,
sur les presses de
AGMV-MARQUIS
en février 2002